" ... Patrie "

J. FRANÇOIS-OSWALD

20c.
Le récit complet
illustré

La Retraite Héroïque

La Retraite Héroïque

I

LA FATIGUE

La compagnie est là, dans un champ qui borde la route. Les faisceaux n'ont pas été formés. Les hommes dorment à poings fermés, éparpillés ou par groupes.

Aussitôt qu'a été donné le signal de la pause, ils sont tombés pesamment, leur volonté ne combattant plus contre le sommeil terrible.

Ma tête est lourde et mes pensées sont floues. La fatigue excessive a fait de moi un être presque inconscient. Mon esprit n'est préoccupé que de ma douleur physique qui prime tout, et les faits ne s'y gravent plus.

Le soir tombe. Un beau soir calme d'été où il ferait bon rêver, où il ferait bon goûter la mélancolie du crépuscule tout proche... Et je m'étonne, après avoir vécu tant d'horribles moments, d'être encore sensible à la poésie qui émane de cette agonie du jour.

A quelques mètres de moi, Bout-de-Zan ronfle bruyamment, les bras en croix, la bouche ouverte, les jambes allongées. Il n'a pas eu le courage d'enlever son sac, et sa tête est plus basse que ses épaules.

Pauvre Bout-de-Zan! Résistera-t-il longtemps encore? Il n'y a pas un mois que nous sommes en campagne, et déjà ses forces sont à bout. Ses bonnes joues rondes ont disparu, se sont creusées et ses yeux ont un cerne bistre. Cet après-midi, il a fait des efforts inouïs pour ne pas être distancé par la colonne.

Le caporal Blache est étendu sur le ventre, un peu plus loin. Son fusil est placé réglementairement sur son sac aux courroies roulées minutieusement, comme s'il y allait avoir revue du commandant!

Quel type épatant ce Blache! Je suis en admiration devant lui. Jamais un murmure, jamais une plainte... Mais au contraire, des paroles de réconfort, de sages conseils, son aide qu'il prodigue à tous sans compter.

Le lieutenant Latal l'a proposé pour passer sergent. Voilà un avancement mérité cent fois, qui me fera autant de plaisir qu'à lui-même.

. . . .

Je viens d'écrire à mes parents une simple carte de quelques lignes qui, comme toujours, contenait ces trois mots : « Tout va bien. »

A quoi bon raconter nos souffrances? A quoi bon augmenter l'anxiété de ceux qui, moralement, souffrent aussi intensément que nous-mêmes?

L'ombre descend. L'horizon est déjà confus à l'est. Un long trait rouge barre l'Occident. La première étoile s'allume dans le ciel pâli. Les contours s'arrondissent, s'atténuent. Des meules font des taches régulières dans les champs, qui s'estompent... Les hommes, dont je ne distingue plus les traits, me remettent en mémoire ce vers de « Booz endormie » :

Les moissonneurs couchés faisaient des groupes sombres!

Un silence doux, bienfaisant, solennel, semble ralentir la marche du temps et ouater les êtres et les choses.

Pas un coup de canon depuis hier.

Un groupe d'officiers, dont fait partie le lieutenant Latal, discutent gravement en faisant de grands gestes.

Mes yeux se ferment malgré moi. Quel bonheur si nous allions rester là toute la nuit, à dormir...

Un coup de sifflet, qui me fait sursauter, et la voix impérieuse de Latal :

— Debout!... Debout!... On s'en va!

Puis les sous-officiers qui répètent en écho :

— **Debout!... Allons, debout!**

Oh! qu'ils sont mauvais, qu'ils sont douloureux ces réveils!
Il était si bon ce sommeil de plomb, sans rêves... Ce sommeil
de brute, cette sorte de néant où tout l'être était comme englouti...

Il faut faire appel à toute son énergie pour se dresser et
regagner la route en titubant, le dos courbé, les paupières pesantes.

Deux hommes restent sourds aux ordres. Un sergent les
secoue de toutes ses forces. Peine inutile. Ils sont insensibles.
Ils dorment... Ils ont un besoin animal de dormir. Enfin, ils
ouvrent les yeux et se lèvent lentement en lâchant du fond de
la gorge des sons rauques qui sont plus des cris de bêtes que
des mots.

Et la colonne repart, se traîne dans la nuit. Mais peut-on
dire une colonne? Il n'y a plus d'escouades, il n'y a plus de
sections, mais de petites fractions qui marchent, séparées les
unes des autres par des distances qui varient de cinq à cent
mètres, quelquefois plus.

Ce sont les premiers pas les plus pénibles, car le Moi doit
commander au corps, la volonté doit surmonter la défaillance
des chairs endolories... Puis, peu à peu, les jambes vont d'elles-
mêmes, automatiquement, conservant une allure régulière, les
semelles râclant la route.

La nuit est calme. Les étoiles sont des milliers. Un vent
frais souffle.

Blache et Bout-de-Zan sont à mes côtés. Nous allons sans
parler, sans penser presque. Mais Bout-de-Zan heurte une pierre,
trébuche :

— Ah! sacré bon Dieu!

Il ajoute, après quelques secondes :

— J' suis vanné!... J'en peux plus!... Et puis j'ai faim!

Comme nous ne lui répondons pas, il répète :

— J'vous dis que j'suis vanné!

C'est une invite. Blache, plus courageux que moi, secoue sa
torpeur.

— Qu'veux-tu qu'j'y fasse, mon pauv' vieux... Raidis-toi,
nom d'un chien!

— V'là dix jours que j' me raidis... maintenant c'est fini
j'en peux plus!

— Faut faire encore un effort... On marchera pas éternellement!

— J'dis comme toi... N'empêche que c'n'est qu'un commencement... On s'arrêtera qu'à Marseille... ou à Alger!

— Tu dis des bêtises... Le lieutenant Latal a certifié qu'il
se préparait quelque chose.

— Des bobards, tout ça! Des bobards!

— Mais non!... Y faut bien espérer qu'on acceptera la bataille... Nous opérons peut-être un vaste mouvement envelop-
pant... C'est peut-être un piège que nous tendons...

— Tu parles!... avec le canon derrière nous!

Il sent bien que Blache parle
sans grande conviction, que son
merveilleux moral faiblit et que
le doute commence à le torturer
aussi.

Il insiste :

— Mais non, mon vieux... La
vérité, c'est qu'on fiche le camp
à toutes jambes, sans combattre,
comme des lâches... Cinquante
kilomètres par jour!... Une
paille quoi!... Moi j'y crois plus
aux tuyaux... On devait embar-
quer, c'était certain... On devait
aller se reformer au camp de Sis-
sonne... C'était sûr, archi-sûr...
et puis pour finir on marche à se
crever depuis dix jours...

De cette manière ils soulagent
leurs épaules (p. 5).

— Nous ne pouvons pas comprendre, nous autres... Seuls,
les généraux...

— Laisse-moi tranquille avec tes généraux!... Si tu veux
savoir mon idée, eh bien c'est qu'nous sommes trahis comme
en 70!

Blache juge la discussion inutile, Il se tait une minute et
demande :

— Veux-tu que j'porte ta musette?

— Non, merci. Ça va.

Comme la misère a aigri le caractère de Bout-de-Zan! Notre
Bout-de-Zan si gai, si amusant, aux reparties si drôles... Lui
qui, pendant nos exercices, nos marches d'autrefois, d'avant la
guerre — si récentes pourtant! — était le boute-en-train de la
section!

Brusquement, nous nous heurtons à des hommes immobiles.
On n'avance plus; la colonne est arrêtée.

— Y avait trop longtemps qu'on marchait, fait une voix, ça pouvait pas durer!

Un autre ajoute :

— Qu'est-ce qu'y font donc, en tête?

— T'en fais pas!... C'sont les doublards des compagnies qui préparent les cantonnements, répond Bout-de-Zan en ricanant.

Sa plaisanterie ne porte pas. La plupart des hommes placent le canon de leur arme contre le sac, la plaque de couche appuyant sur le sol. De cette manière, ils soulagent leurs épaules.

La silhouette du lieutenant Latal se dessine :

— C'est un régiment d'artillerie qui nous empêche d'avancer... Nous en avons sans doute pour un bon quart d'heure... Allez, formez donc les faisceaux!

Former les faisceaux! oui, c'est le terme... il l'emploie encore par habitude, sachant pertinemment qu'il ne sera pas obéi.

En effet, lorsqu'ils ont su que la pause allait être assez longue, les hommes s'effondrent sur place, exactement là où ils se trouvent, sans même aller jusqu'aux bords de la route.

Et ils ne bougent plus; le sommeil les ressaisit aussitôt, irrésistible.

J'admire la plupart des officiers qui, eux, par un prodige de volonté, quoique aussi harassés que leurs soldats, mettent un point d'honneur à ne pas se coucher, comme ils mettent un point d'honneur à ne pas se courber sous les balles.

Ce sont des chefs. Ils le savent et veulent en être dignes. Ils doivent donner l'exemple. Ils n'ont pas le droit d'être aussi accessibles à la fatigue et à la peur que leurs subordonnés. C'est magnifique.

Et si l'on nommait officier tel sergent qui maintenant gît, accablé, je suis convaincu qu'il trouverait une énergie nouvelle dans la confiance et dans l'honneur qui lui auraient été faits. Il ne dormirait pas non plus.

Combien a duré cet arrêt? Dix minutes ou une heure? Je ne sais pas. Au signal, avec les mêmes plaintes, les mêmes grognements, les ombres se sont levées, sont parties...

Nous marchons... Nous marchons... Les kilomètres succèdent aux kilomètres.

Je ressens tout à coup une vive douleur au front. Je trébuche... et me réveille. Je m'étais endormi à mon insu et j'avais heurté le lebel de Bout-de-Zan.

Et c'est un supplice qui commence, qui n'a pas d'équivalent, qui ne ressemble à rien : la lutte contre le sommeil.

Tout se résume à ceci : Ne pas laisser se fermer mes paupières... mes paupières qui ont un poids inouï, formidable.

Marcher, je le puis encore. Mes jambes n'éprouvent plus qu'une douleur vague; elles sont engourdies par le rythme de la marche. Mes pieds sont en bon état grâce à de la poudre d'alun que j'ai achetée dans un faubourg de Charleroi. Mais c'est le sommeil, le besoin grandissant de dormir qui s'empare de moi, annihile ma volonté, fait chavirer ma pensée...

Et je dors... oui, je dors... mes jambes chancellent... Je me réveille sans avoir la force de relever mes paupières.

Je lutte cependant. Je compte jusqu'à dix, jusqu'à cent; je récite des vers mentalement, je fredonne un air, je serre les dents, j'appuie sur le sol avec mes souliers, je me pince à me faire hurler, je maintiens mes paupières levées avec ma main...

Non, il n'y a rien à faire. Il faut que je dorme; je vais être obligé d'abandonner la colonne. C'est affreux.

— Blache... Blache...

— Quoi donc, mon vieux?

— Prends mon bras, veux-tu... Conduis-moi.

— Voluptueusement, je ferme les yeux.

— Eh bien, Blache, ça va?

— A peu près, mon lieutenant... Savez-vous quelque chose?

Latal marche à nos côtés. Il boite de la jambe droite. Pour répondre à la question du caporal, sa voix devient grave:

— Oui, je sais quelque chose... Nous devons passer l'Aisne cette nuit... Après nous serons tranquilles... Nous pourrons nous reposer.

— Est-ce loin encore, mon lieutenant?

— Dix kilomètres... à peu près.

Un silence. Dix kilomètres! C'est-à-dire trois heures de marche, si nous avons la chance toutefois de ne pas être arrêtés par des convois.

Pourrons-nous les faire? Il m'a semblé avoir aperçu des hommes s'arrêter sur la route...

— C'est dur, je le sais, mes pauvres biffins... c'est très dur...

Timidement, Bout-de-Zan interroge :

— Pourquoi battons-nous donc en retraite, mon lieutenant?

Alors Blache et moi simultanément :

— Oui, pourquoi?

— Je ne suis qu'un pauvre officier à deux galons... Je ne sais rien... Cette retraite est une nécessité pénible... Nous n'acceptons pas la bataille, la grande bataille décisive, pour des raisons que j'ignore... mais elle viendra, elle est proche... Attendons-nous, pour la livrer, des divisions d'Alsace, où nous avons massé la majeure partie de notre armée?...

— Oui, ils ont passé par la Belgique, ces cochons-là, interrompit Bout-de-Zan.

— ...Faisons-nous une manœuvre de grande envergure?... Peut-être... Nous ne voyons que notre régiment... Nous ne savons pas ce qui se passe ailleurs... Quoi qu'il en soit, nous avons des généraux de premier ordre : Joffre, Sarrail, de Castelnau, Maunoury... Ils ne peuvent pas être battus... Et puis nous avons des alliés...

— Oui, il y a les Russes...

— Et les Anglais, donc!... qui doivent débarquer de nouvelles troupes...

Ça y est! Le moral est déjà meilleur. Il a suffi de quelques phrases de Latal... Mais aussi, quel accent! Quelle conviction! Ah! c'est un soldat, celui-là! Tel il était à la caserne, tel il est au feu... Calme, confiant, lucide, possédant un ascendant énorme sur ses hommes, sur ses biffins comme il se plaît à les appeler.

La conversation continue, coupée de silences. Nous parlons de notre arrivée en Belgique, de l'enthousiasme des habitants nous comblant de tout... Puis de la bataille de Charleroi, de la bataille de Guise... de nos camarades déjà tombés au champ d'honneur et dont nous avons laissé les dépouilles sans avoir seulement pu leur creuser une humble tombe.

Je constate avec ravissement que mon besoin de dormir est plus supportable.

Les minutes s'écoulent. Nous marchons toujours...

Soudain nous quittons la route; nous allons à travers champs, en zigzag... Personne ne cherche à savoir pourquoi. On va... On va... Il faut passer l'Aisne cette nuit... On se cramponne à cette idée... Il faut passer l'Aisne cette nuit, après quoi l'on dormira... Peut-être même y aura-t-il enfin des distributions de vivres...

La place d'un village aux maisons basses, dont les toits se découpent nettement sur le ciel criblé d'étoiles. Au centre, une fontaine, toute ronde. Pas de lumières aux fenêtres. Les volets sont clos. Le bruit sourd de quelques coups de canon, très loin...

Sur le pavé irrégulier, le régiment est étendu.

C'est trop... Oui cette fois c'est trop... La force humaine a tout de même des limites. Il y a un moment où l'on a beau frapper une bête de somme, elle ne se relève pas.

Voilà au moins six heures que nous marchons. Les dix kilomètres du lieutenant Latal doivent être parcourus depuis longtemps.

Pourquoi cette fuite éperdue? Comment font donc les Allemands pour nous poursuivre aussi vite? Est-ce irrémédiablement la déroute?

Des hommes maugréent à haute voix et déclarent qu'ils n'avanceront plus.

Bout-de-Zan me fait pitié. Il est assis sur son sac et laisse échapper un gémissement continu de petit enfant malade.

Mais voici Latal qui s'avance, boitant de plus en plus. Et sa voix — où il y a à la fois de la supplication et du commandement — s'élève, nette, vibrante.

— Mes biffins, écoutez-moi... Pas de mots inutiles, pas de mensonges... Nous n'avons plus que deux kilomètres à faire... Je vous jure que c'est la vérité... Il faut que nous passions l'Aisne... Les ponts doivent sauter d'ici trois quarts d'heure... Si nous n'arrivons pas à temps, nous serons faits prisonniers inéluctablement... Eh bien! nous n'avons pas le droit d'être faits prisonniers... Nous ne nous appartenons pas ...Nous appartenons à la France, dont nous sommes l'espoir... Nous reculons aujourd'hui, mais nous vaincrons... Nous sommes des combattants de demain... Je m'adresse à vos cœurs de Français... Je m'adresse à ceux qui ont juré, le jour de la mobilisation, de donner s'il le fallait leur vie pour le pays... Allons, un effort mes enfants... De vous dépend le salut de la Patrie... Il faut que nous passions l'Aisne... Nous la passerons... Je compte sur vous (1).

Un coup de sifflet l'interrompt. C'est le signal du départ.

Et l'on se lève, on s'en va, on marche... Je ne sais par quel prodige, par quel miracle...

____

(1) Authentique.

— Allons, un effort mes enfants... De vous dépend le salut
de la Patrie... (p. 8).

— Tiens, v'là Barrier !
— Non, sans blague...
— Puisque j' vous dis que c'est lui !
— Il s'est donc engagé dans la cavalerie ?

En effet, c'est bien le sergent Barrier. Il est juché, sans selle, sur un gros cheval de labour, tout gris, au pas pesant, aux jambes épaisses, maculées de boue. Il se tient à peu près droit, les mains serrant fortement la longue crinière.

Il nous aperçoit, nous adresse un sourire, puis, d'une voix comique :

— Hein, dites la vérité... Vous n'pensiez plus me revoir... Vous vous disiez que j'étais fait prisonnier... C'est mal me connaître, les gars... Barrier n'tombera jamais dans les sales griffes des Pruscos !... J'ai plusieurs cordes à mon arc...

Et le fait est qu'il a plusieurs cordes à son arc. Sa ténacité est vraiment merveilleuse.

Le sergent Barrier n'est pas un bon marcheur, loin de là. Dès le début de la retraite, ses pieds se sont mis à gonfler et à se couvrir d'ampoules ; il suivait péniblement la colonne, clopin-clopant, ne conservant que le strict nécessaire, c'est-à-dire son fusil et ses cartouches.

Il disparut une première fois. Il nous rejoignit, le sourire aux lèvres, les pieds chaussés de sandales dénichées sans doute dans quelque maison abandonnée. Le lendemain, il s'arrêtait brusquement, s'asseyait contre un arbre, déclarant que ses pieds n'étaient plus qu'une plaie... Comme nous le supplions de faire encore un effort, il haussa les épaules :

— Vous en faites pas pour moi... Craignez rien... J' vous rejoindrai... Du reste, si les Alboches s'amènent, ils trouveront à qui parler... mes cartouchières sont bourrées et c' n'est pas pour rien que j'ai gagné, l'année dernière, l' cor de chasse en or.

Il nous rattrapa, grimpé sur un caisson d'artillerie. Quelques heures après, il s'arrêtait encore, puis réapparaissait, monté sur une bicyclette aux roues voilées, aux rayons brisés, un véritable clou qui faisait un bruit du diable. Il fit une embardée, tomba. La fourche se fendit en deux. Les larmes aux yeux, découragé cette fois, il nous fit ses adieux, jurant de se tuer plutôt que de se rendre.

— Oui, j'ai trouvé ce carcan errant mélancoliquement sur la route; il m'a fait pitié; je suis monté dessus... Dame, il ne paye pas de mine et n'aurait je présume aucune chance sérieuse de gagner le Grand Prix, mais c'est la guerre, pas vrai?

Le lieutenant Latal a entendu :

— Bravo, Barrier! Bravo! Vous êtes un brave.

Cet éloge le fait se redresser sur sa misérable monture que personne ne songe à plaindre, mais qui, comme nous, doit souffrir de la fatigue et de la faim.

Un long arrêt. Un hourvari confus. Puis une clameur :

— V'là l' pont! V'là l' pont!

C'est un cri que chacun répète pour soi-même avec une telle allégresse que l'on pourrait se croire à l'entrée des portes du paradis.

V'là l' pont! c'est-à-dire voilà les Allemands distancés, voilà un bon repos en perspective, quelques heures de sommeil, des vivres peut-être...

Des convois passent, en désordre, dans un bruit de coups de fouet, de ferraille, de roues grinçant, de piétinements de sabots, d'invectives...

Une voix domine subitement les autres, impérative :

— Hâtez-vous!... Hâtez-vous!... Le pont va sauter!

— Il était temps pour toi, dis-je à Barrier.

Alors, lui :

— Bah! j'aurais franchi l'Aisne à la nage.

Je ne crois pas qu'il plaisantait.

*
* *

— Pourquoi battons-nous en retraite? fait le caporal Blache.

La question revient toujours, sur tous les tons, comme un leit motiv, tantôt proférée avec rage, tantôt avec amertume, tantôt avec accablement. On la pose, sachant que personne n'y pourra répondre avec autorité.

Les mêmes phrases reviennent sans cesse.

— On recule parce qu'on est trahi.

— La preuve, c'est qu'on accepterait la bataille.

Ou bien :

— Nos généraux tendent un piège à l'ennemi.

— On va les prendre comme dans une souricière.

Ou bien encore :

— On ne sait pas... Faut attendre.

— Espérons.

Mais malgré tout, la confiance va diminuant... La frontière s'éloigne si vite!... Paris n'est pas à deux cents kilomètres, et tout le monde est aigri par la misère endurée, misère dont on ne prévoit pas la fin.

— Pourquoi battons-nous donc en retraite?

— Y s'agit pas d' retraite, mais d' victoire... Vous n' connaissez donc pas la nouvelle?

— Quelle nouvelle?

— La grande nouvelle parbleu!... Les Russes sont à cinq étapes de Berlin!

Il y a un moment de joyeuse stupeur.

— Est-ce vrai c' tuyau-là?

— Si c'est vrai?... Mais c'est quasiment officiel... Ça vient d'arriver de la brigade ...

Bout-de-Zan reste sceptique :

— Tu sais, moi, les tuyaux à présent...

— Puisque j' vous certifie qu' c'est officiel... L' lieutenant Laial a trouvé la chose toute naturelle... Il s'y attendait.

Blache jubile, la face épanouie :

— Mais oui, c'était à prévoir! Les Boches ont jeté leurs

forces contre nous, dégarnissant imprudemment le front Russe...
Nos alliés en profitent...

Cinq étapes de Berlin! Si la chose était réelle pourtant! Ce serait la paix dans quelques jours, ce serait la victoire!

Des coups de sifflet. Des commandements. Le régiment pénètre dans un grand champ.

Nous allons dormir... Cinq étapes de Berlin! Pourvu que ce soit vrai, mon Dieu!

Une tache blafarde à l'Est... C'est le jour qui pointe.

II

LA FAIM

Bout-de-Zan ouvre les yeux, s'étire. Ses premières paroles sont celles que j'ai proférées moi-même en m'éveillant :

— Bon sang, c' que j'ai faim!

Le caporal Blache, qui guettait le réveil de notre ami, s'approche, tire trois biscuits de sa poche, les pose avec précaution sur sa musette :

— J' les ai trouvés tout à l'heure, explique-t-il... Ils ont dû appartenir à un blessé, mais y n' sont pas abîmés... Y en a juste un pour chacun.

Trois biscuits pour satisfaire aux exigences de trois estomacs affamés, ce n'est guère en vérité; néanmoins, nous ne nous faisons pas prier pour accepter ce repas frugal. Lentement, nous grignotons notre biscuit, évitant de laisser tomber des miettes.

La plupart des hommes dorment encore, enroulés dans leur couverture, la capote leur couvrant la tête. Le soleil est déjà haut, beau soleil brûlant, dans un ciel d'un bleu net et dur. La campagne, toute plate, s'étend jusqu'à l'horizon, riante, gaie, pacifique... Succession de champs et de prairies coupés de taillis et d'arbustes. Des caissons d'artillerie se profilent très au loin.

— J'ai déjà fait des déjeuners plus substantiels, déclare Bout-de-Zan avec une grimace.

— Je te crois sans peine, rétorque Blache en souriant... Un bon beefsteak aux pommes ferait singulièrement mon affaire.

Nous nous taisons, évoquant malgré nous des tables bien garnies, aux nappes disparaissant presque sous un amas de prodigieuses victuailles.

— Vous n'auriez pas du tabac, les gars?

C'est un jeune artilleur qui nous pose la question. Les jambes écartées, les poings sur les hanches, le képi sur l'oreille, il s'adresse particulièrement à Bout-de-Zan, qui vient de bourrer sa pipe et de l'allumer.

La réponse est unanime :

— Pas le moindre brin, mon pauv' vieux!

Le tabac est devenu rarissime. Lorsque nous étions en Belgique, au contraire, nous en étions tellement pourvus, que nous ne savions plus où le mettre. Nos poches et nos sacs en étaient pleins à crever. J'ai vu des hommes contraints de refuser des paquets de cigarettes que leur offraient les habitants. Mais depuis la retraite, beaucoup d'entre nous ont perdu ou jeté leur sac, et le tabac s'est abîmé dans les poches. Ceux qui en possèdent encore le conservent précieusement, ne le fumant qu'avec parcimonie, à petites bouffées gourmandes. Sait-on quand on pourra en acheter? Hier notre commandant a payé cinq francs, sans sourciller, un paquet de tabac de troupe...

L'artilleur insiste, se fait pressant :

— Une toute petite cigarette...

— Puisque l'on t' dit qu'on n'en a pas!

— Vous savez pas c' que j' donnerais pour fumer... V'là trois jours que j' suis privé d' tabac... J'en souffre plus que d' la faim... J'ai beau chercher, demander partout...

Tout en parlant, il fixe Bout-de-Zan, qui évite son regard, et fume béatement, allongé sur le dos, en faisant sortir des spirales bleues par son nez.

— Toi qu'es un fumeur, tu dois savoir c' que c'est que de n' plus fumer... Allons, donne-moi une cigarette... Une toute petite... pour le goût...

— Fallait faire comme moi... prendre tes précautions.

— Crains rien, j' te la payerai...

Bout-de-Zan s'esclaffe :

— M' la payer? mais qu' veux-tu qu' j'en fasse de ton argent, malheureux?... J'ai deux cents francs dans mon portefeuille, et ça n' m'empêche pas d'avoir une épouvantable fringale... Donne-moi du fromage, du pain, une boîte de singe, des ortolans... n'importe quoi... t'auras du tabac.

L'artilleur hésite un instant; un violent combat se livre en lui-même; enfin, il fouille dans sa musette, en sort une tablette de chocolat, la tend à Bout-de-Zan :

— Tiens, prends ça... Mais c't' un vrai sacrifice, tu sais...

Notre ami prend la tablette, l'examine comme un objet rare, la pose à ses côtés, puis tirant sa blague :

— Comme ça, j'accepte... Tiens, fais une cigarette, mais n' la fais pas trop grosse... c'est tout c' qui m' reste...

Avec des gestes d'une prudence infinie, l'artilleur bâtit une cigarette énorme, aussi volumineuse qu'un cigare.

Bout-de-Zan le contemple, le sourcil froncé, regrettant sa trop grande confiance. Enfin, avec un sourire :

— Ah! brigand!... J' crois qu' tu m'as « possédé »!

*
**

— Si nous allions faire un tour? propose Bout-de-Zan.

Notre ami ne précise pas sa pensée, mais nous nous comprenons. « Faire un tour » signifie clairement : tâchons de trouver à manger.

Le départ ne semble pas proche encore. Nous acceptons. Nous voilà partis tous trois à travers champs.

— J' crois que v'là des pommiers, fait Blache.

Il n'y a pas d'enthousiasme dans sa voix, car depuis plusieurs jours, les pommes et les poires forment la majeure partie de notre nourriture; pauvres fruits verts, affreusement acides.

Mais Bout-de-Zan pousse une exclamation, lève les bras, l'index tendu, et comme s'il s'agissait de troupes ennemies à repérer avant le tir :

— A deux cents mètres, une haie...

— Vu.

— A droite de la haie, un chêne... à moins que ce ne soit un orme, un saule ou un peuplier ...

— Vu.

— A deux doigts à gauche de cet arbre désigné avec tant de précision, une tache rouge de forme rectangulaire...

— Vu.

— C'est le toit d'une maison...

— Vu.

— Dans cette maison, il y a de quoi manger.

Cette fois-ci, nous ne répondons point, et pour cause. Sceptiques, nous nous contentons de hocher la tête; mais Bout-de-Zan, qui, depuis la nouvelle de l'avance foudroyante des Russes, a retrouvé son bagout de titi et semble avoir oublié sa fatigue :

— Hommes de peu de foi!... Faudra-t-il pour vous convaincre que je mette les points sur les i?... Il y a sur une table canée, recouverte d'une toile cirée à larges fleurs rouges, un gros morceau de pain, des anchois, du saucisson et de la crème au chocolat... Douterez-vous, maintenant?

Nous sourions malgré nous, nous laissant conduire.

La maison apparaît, maisonnette plutôt, construite au bord d'un petit chemin. C'est une humble habitation de paysans. La porte est grande ouverte. Nous pénétrons... Une seule pièce,

Je lis à haute voix... (p. 19).

déserte. Un coup d'œil nous suffit. Les habitants ont dû partir en toute hâte, et bien des soldats ont déjà passé par là...

Sur une table, des assiettes grasses s'étalent avec deux ou trois couverts. Des morceaux de savon s'érigent en pile sur la vaste cheminée à crémaillère, entourés de chandeliers en cuivre. Au-dessus, les portraits de deux jeunes mariés, jaunis par le temps, dans des cadres dédorés. Quelques chaises boiteuses, un grand lit en fer, les couvertures en désordre...

Un instant nous restons immobiles, sans parler, saisis brusquement par la détresse de ce foyer à l'abandon.

J'aperçois un papier fripé. Une main maladroite y a tracé ces mots : « Inutile de chercher de quoi manger ici, il n'y a plus rien. »

— Voilà de la politesse ou je ne m'y connais pas, dit Blache.

Nous ne partons pas cependant. Sait-on jamais? Peut-être tous les coins n'ont-ils pas été minutieusement fouillés? Nous avons si faim! Nous cherchons... Nous ouvrons vainement les tiroirs du buffet en bois blanc... Et nous éprouvons, grandissante, une sensation de gêne, de honte presque à remuer les objets familiers d'inconnus qui, en ce moment, errent sur les routes, désespérés...

Bout-de-Zan a disparu. Blache et moi, nous nous asseyons tristement.

Sur les murs blanchis à la chaux, deux gravures attirent mon attention. La première représente le président Fallières, la face noircie par une multitude de chiures de mouches. La seconde, un brave curé bedonnant, la fourchette en l'air, souriant à une servante qui apporte une magnifique dinde rôtie.

— Victoire, les gars! Victoire!

— Elle est pleine?

Bout-de-Zan, la figure illuminée, brandit une bouteille aux flancs rebondis, la pose bruyamment sur la table.

— Où l'as-tu trouvée?

— A la cave, sous des fagots.

— C'est du vin?

— Mieux que du vin, les enfants... c'est du rhum!

— Bout-de-Zan, tu es un ange.

Nous tirons nos quarts. Nous trinquons

Certes, du rhum, c'est une véritable trouvaille, mais combien préférerions-nous un bon morceau de pain blanc!

❖

— Vous allez peut-être pouvoir me renseigner...

Un homme apparaît sur le seuil de la porte, avachi, les traits tirés, minable dans sa capote pleine de terre, déchirée, presque sans boutons, avec son képi aplati, son équipement mal ajusté, son sac aux courroies pendantes.

— Qu'est-ce que tu veux savoir? demande Blache.

Bout-de-Zan, dont la tête commence à tourner un peu, ajoute :

— Mon vieux, tu arrives dans un excellent moment... Entre

donc un instant, pose ton barda dans un coin et viens trinquer avec nous... Allons, n' fais pas d' manières... Tu vas goûter un vieux rhum dont tu me diras des nouvelles.

Le nouveau venu ne se fait pas prier. Il s'installe auprès de nous et boit en faisant claquer sa langue. L'alcool le rend loquace.

— V'là trois jours que j' suis à la recherche de mon régiment... le 243... Y a pas moyen de l' retrouver... Vous n' l'auriez pas vu passer, par hasard?

Et comme nous faisons un signe négatif :

— Au fond, ça m'est égal... Ce régiment-là ou un autre, c'est toujours la même chose... Dans aucun on ne distribue des vivres...

— A qui l' dis-tu! Approuve Bout-de-Zan avec un soupir.

— Mais ce n'est rien la fatigue... Ce n'est rien la faim... C'est rien du tout... C' qu'est terrible, c'est d' battre en retraite sans savoir pourquoi, et c'est d' rester sans nouvelles de chez soi...

Et, brusquement, il entre dans la voie des confidences, nous raconte sa triste histoire en quelques phrases brèves qu'il débite d'une voix amère :

— J' suis d' la classe neuf... J' me suis marié quinze jours avant la déclaration de guerre... Toute ma famille est à Maubeuge... J'ai pas encore reçu de nouvelles... Probablement que j' n'en recevrai jamais, maintenant que les Alboches ont tout envahi...

— Courage, mon vieux... Faut pas t' laisser abattre, on les repoussera, les Allemands... Tu connais la nouvelle?

— Oui, oui, je sais... Les Russes à cinq étapes de Berlin... mais est-ce que les Prussiens ne seront pas bientôt à Paris pour peu que la retraite continue?

Bout-de-Zan reste pensif quelques secondes, puis il ébranle la table d'un formidable coup de poing, et magnifique de fureur, redressant sa petite taille, comme un coq :

— Les Alboches à Panam?... Les Alboches détruisant Panam?... Les Alboches défilant à notre place sous l'arc de triomphe?... Des obus sur le Panthéon? sur l'Opéra?... Doucement les basses, doucement... Pas encore!... Les Pantruchards sont encore un peu là!

— Si on visitait là dedans? fait une voix.

Au même instant, deux soldats pénètrent dans la pièce.

Alors, Bout-de-Zan, dont la gaminerie reprend le dessus :

— Ces messieurs sont altérés, sans doute? Désolé, messeigneurs, tout à fait désolé... Mais constatez par vous-mêmes... Nous sommes en train de faire honneur au dernier flacon de l'établissement.

*
**

Nous marchons sur la large route bordée d'arbres. Les rayons du soleil filtrent à travers les branches feuillues, dessinant d'étranges îles de lumière... Un soleil de feu qu'on ne peut fixer, blanchit la moitié du ciel, inonde la terre desséchée, donne une buée tremblotante à l'atmosphère.

Nous marchons, le dos rond, la capote ouverte, les manches retroussées, la face ruisselante. Une odeur âcre et forte se dégage de nos corps en transpiration. Sous nos pas pesants, la poussière se soulève par nappes, flotte, grisaille nos vêtements, se colle sur nos joues crasseuses, noircies par une barbe dure. Nos yeux sont fiévreux et brillent.

Bout-de-Zan, d'un geste rageur, vient de jeter son sac sur le bord du talus. Il est exténué. Blache est soucieux. Il avance, le regard fixé sur le sol, changeant son arme d'épaule toutes les cinq minutes.

Près de moi, deux hommes bavardent avec animation, stupéfiants de tranquillité d'esprit et de flegme. Ils ne font pas partie de notre régiment. Ils vont d'une allure dégagée, semblables à des promeneurs.

Ils excitent ma curiosité. Je les interroge. Sans embarras, ils me répondent qu'ils ont perdu leur unité à la suite d'une affaire assez chaude dans laquelle a fondu plus de la moitié de son effectif.

La conversation s'engagea. D'un sujet, nous passons rapidement à un autre. Nous nous remémorons des souvenirs de notre temps d'active, puis, presque sans transition, nous parlons des grands conquérants : Alexandre, Charlemagne, César, Napoléon... La campagne de France sert de thème à des comparaisons. Je fais un effort de mémoire intense, secoue l'épaisse poussière amassée sur mes souvenirs de collège et cite des dates... L'un de mes nouveaux compagnons, très poliment, déclare que je commets des erreurs... Et comme j'insiste, assez vexé, il sourit et très simple :

— Je suis professeur d'histoire au lycée de L...

Je n'ai plus qu'à m'incliner, ce que je fais d'ailleurs d'excellente grâce.

L'entretien dévie. Nous parlons poésie. Chacun cite ses auteurs favoris. Nous déclamons des vers à mi-voix, nous aidant les uns les autres, lorsqu'au milieu des tirades, la mémoire nous fait brusquement défaut.

Bout-de-Zan, qui s'est approché, hausse les épaules, et avec un mépris admirablement feint :

— V'là qu'y s' croyent à la Comédie-Française!

Mais nous n'avons pas l'impression d'être ridicules. Nous sommes heureux de trouver un palliatif à nos lancinantes préoccupations.

Le professeur d'histoire sort soudain un papier maculé de sa poche, me le tend :

— Lisez cela... C'est une petite poésie que j'ai composée dans un instant de découragement et de robuste appétit, avant de m'endormir sous les étoiles...

Je lis à haute voix :

SPLEEN

Un bon repas chez soi près des êtres aimés...
Il fait doux dans la salle. On rêve et puis l'on cause
De mille petits riens... Et l'on sent quelque chose
Unissant tous les cœurs. Un suave fumet

Monte d'un plat; la lampe éclaire les visages.
L'enfant s'amuse et lance un petit cri joyeux.
On est tranquille, on est serein, on est heureux...
On dormira si bien!... Pas de mauvais présages.

A table près des miens irai-je encor m'asseoir?
Aurai-je ce bonheur le plus grand sur la terre,
Le bonheur du foyer uni? Pourrai-je voir

Encore et même entendre encore me blâmer
Ma mère, ma bonne mère, ma tendre mère?

Un bon repas chez soi près des êtres aimés...

Je lui rends son manuscrit, le complimentant vivement, mais lui, plissant les lèvres :

— Je vous en prie... Ces vers sont extrêmement mauvais. Ils ont toutefois le mérite d'être sincères... Il faut être indulgent, car vous avouerez que depuis un mois nous menons une existence assez fatigante...

Il ajoute avec un vigoureux optimisme :

— Enfin, d'ici quelques jours, nous inscrirons une nouvelle et splendide victoire sur le livre d'or de l'Histoire de France.

— Appuyez à droite !
— Appuyez à droite, nom d'un chien !
— C'est une auto...
— Y a des généraux d'dans !
— C'est l' général en chef !
— Joffre ?
— Puisque j' vous l' dis !

Nous gravissons péniblement une côte. A petite allure, dans un bruit de moteur essoufflé, l'automobile apparaît, découverte, étroite, quelconque, grise de poussière et de boue séchée. Lorsqu'elle passe à mes côtés, j'ai tout le loisir d'examiner ceux qui l'occupent. Ils sont quatre. Trois généraux reconnaissables à leur képi orné de feuilles de chêne, et un colonel. Ils ne parlent pas.

— Joffre, c'est celui qui est placé à droite...

Je vois un homme large d'épaules, la figure ronde, les yeux fatigués, clignotants, avec des poches. Sa coiffure est de travers, et la visière me semble abîmée. Sa vareuse noire où scintillent les trois étoiles, est à moitié déboutonnée.

Le général en chef se soulève difficilement, appuie son avant-bras droit contre la poitrine, penche la tête, cherche à lire le numéro du régiment sur le collet des capotes. Il profère :

— Tiens, voilà le 119°... Le troisième corps serait donc...

La suite de la phrase se perd.

Un homme prononce avec amertume :

— Oui... y en a qui s' pavanent en auto... Nous, les pauvres bougres, on se crève sur la route... Ah ! misère !

Je me contente de hausser les épaules. J'évoque la tâche écrasanté, la responsabilité formidable de nos grands chefs qui, comme le généralissime, doivent manquer de sommeil et sont obligés, cependant, de conserver une merveilleuse lucidité d'esprit pour donner leurs ordres si lourds de conséquences, diriger des hommes par centaines de mille...

Le général Joffre! C'est cet homme qui vient de passer près de nous, l'air si fatigué, qui tient entre ses mains la destinée de notre pays! Grâce à lui, grâce au plan qu'il médite, peut-être sera-ce bientôt la fin de la retraite, la marche en avant, la victoire!... La France toujours grande, toujours rayonnante!

Je ne trouve pas l'automobile assez luxueuse.

❖

Blache me saisit par le bras.

— Tiens, regarde... Voudrais-tu me dire ce que cela signifie?

Je tourne la tête. Trois ou quatre hommes viennent de quitter soudainement la route, et à travers champs se mettent à courir à toutes jambes, les flancs battus par leurs musettes et leurs bidons.

Là-bas, à quelques centaines de mètres, je distingue un soldat qui agite frénétiquement un fusil.

— Je voudrais bien savoir pourquoi il nous appelle ainsi.

— Peut-être a-t-il découvert des blessés...

— A moins que ce ne soit une mine d'or...

— Ou bien un restaurant en plein vent...

Mais voici les rangs qui s'éclaircissent. Ils sont dix, cinquante, cent, ceux qui maintenant suivent leurs camarades, sans savoir au juste pourquoi, par simple esprit d'imitation ou peut-être avec le fol espoir de trouver quelque chose à manger.

Le lieutenant Latal a tiré ses jumelles de leur étui et les porte à ses yeux. Après quelques secondes d'observations :

— Je suis incapable de vous dire exactement ce qu'il y a là-bas... Je vois simplement une voiture renversée avec, à côté, un grand tas brun...

— Si c'étaient des vivres!

Des vivres! Le mot magique!

— On y va?

— Si tu veux...

Bout-de-Zan, Blache et moi nous prenons à notre tour un vigoureux pas gymnastique. Nous nous arrêtons, haletants... Deux cents hommes pour le moins, accroupis sur le sol, se disputent âprement, s'arrachent des boules de pain qui gisent auprès d'une voiture de ravitaillement dont les roues sont brisées. Des injures, des coups même sont échangés. Le flot des nouveaux arrivants grossit sans cesse, et bientôt nous sommes submergés.

Des phrases fusent :

— Faut qu'on partage!

— Ça n'a rien à faire... Premiers arrivés, premiers servis.

— Mon vieux, c'est pas d'l'ordinaire c'brichton-là!

— C'est l'système D!

Blache, à qui cette lutte répugne comme à moi, me dit avec mélancolie :

— Nous sommes arrivés trop tard!

— Nous avions compté sans Bout-de-Zan; grâce à sa petite taille il a réussi à se faufiler habilement et nous montre une boule de pain triomphalement.

Nous nous isolons auprès d'un arbre, sortons nos couteaux de poche.

Tenez, mon capitaine... prenez donc ce bout-là... (p. 22).

— J'ai obtenu cette boule-là de haute lutte, nous étions quatre à tirer dessus.

Nous examinons la boule. C'est un pauvre pain terreux et dont la mie a toutes les couleurs de l'arc-en-ciel! Qu'importe! nous avons faim! Nous nous contentons de jeter les parties les plus moisies et, goulûment, nous mangeons à grands coups de mâchoire, à la façon de fauves affamés.

Un officier qui n'a pas osé participer à la mêlée nous regarde, partagé entre le désir de nous demander un morceau et celui de rester impavide devant le lamentable spectacle.

Mais Blache, d'un ton naturel :

— Tenez, mon capitaine... Prenez donc ce bout-là, il doit

être à peu près mangeable... Certes, ça ne vaut pas du gruau sortant du four...

L'officier prend le morceau avec l'air d'accepter uniquement pour nous faire plaisir, afin de se rendre compte simplement... J'excuse sa comédie que lui suggère son amour-propre, mais il n'y a qu'à voir la façon religieuse avec laquelle il mâche ses bouchées, les yeux mi-clos, pour comprendre qu'il éprouve une bien grande joie.

**
*

Je me trouve maintenant tout à fait à la queue de la colonne que forme le régiment. Je risque gros. Un ordre du jour vient de nous être lu à la dernière pause. Gare aux maraudeurs, aux isolés, aux traînards... Les gendarmes ont reçu des consignes très sévères.

Prétextant une violente douleur aux pieds, j'ai ralenti mon allure; une à une les compagnies m'ont dépassé.

Me voici seul. Il s'agit de ne pas perdre de temps. A grandes foulées maintenant, je me dirige vers un grand village qui se trouve là-bas, blotti dans le creux d'un vallon, et dont le clocher élancé pointe, surmonté de son coq mobile, tache d'or éblouissante sous le soleil.

J'avise une petite maison à un étage, toute blanche, coiffée de tuiles, aux fenêtres avenantes avec leurs pots de géraniums, leurs volets vert d'eau et leurs rideaux fins.

Je frappe. La porte s'ouvre aussitôt. Une femme très vieille, toute ridée m'apparaît, vêtue de noir, un minuscule chapeau à brides placé de biais sur ses cheveux blancs.

Et avant que j'aie prononcé un mot :

— Marie! Marie!... c'est un soldat!... Mais entrez donc, monsieur... Entrez donc... Posez toutes vos affaires là... Mon Dieu, comme vous avez chaud!... Attendez, je vais vite aller vous chercher un verre de vin...

La vieille me quitte dans un petit trot de souris et disparaît.

Intimidé, je pose mon sac sur le parquet et mon fusil sur mon sac. Je m'éponge le front, cherchant une phrase polie et ne la trouvant pas.

La femme que je viens d'entendre nommer Marie est adorablement jolie et toute jeune... Vingt-deux ans tout au plus... Elle m'adresse un sourire attristé :

— Oh! comme vous paraissez fatigué, monsieur!... Vous faites de grandes marches, n'est-ce pas?

J'ai un signe affirmatif. Elle reprend :

— Quelle guerre affreuse tout de même!... Mais asseyez-vous donc, je vous en prie... Vous nous excuserez, mais nous sommes très affairées... Nous allons partir d'ici quelques heures, profitant de places libres dans la carriole d'un voisin... Nous faisons hâtivement nos préparatifs...

Tout en parlant, elle entasse du linge, des bibelots dans une énorme valise en cuir fauve placée sur la table.

La vieille revient, portant avec précaution un verre rempli jusquaux bords :

— C'est du bon, vous savez... c'est du Bourgogne...

Et pendant que je bois voluptueusement :

— Ah! mon pauvre monsieur, quelle misère!... Ces sales Prussiens, comme ils entrent rapidement chez nous!... Qui aurait pu prévoir une chose pareille!... J'ai entendu dire qu'ils dévastaient tout, brûlaient tout sur leur passage, commettaient les pires atrocités!... Dieu! quelle calamité!... Nous étions si heureux, si tranquilles ici, ma fille, mon gendre et moi!

Elle lève les bras et les yeux au ciel, puis m'interrogeant brusquement :

— Dites-moi la vérité... Ils sont tout près, n'est-ce pas?

— Je ne puis vous renseigner exactement...

— Aurons-nous le temps de fuir seulement? Nous ne savons qu'emporter?... Il ne faut pas se charger inutilement, certes, mais c'est horrible de songer que tout ce que nous allons laisser ici sera pillé... nos chers objets, nos chers souvenirs... Mais comment font-ils donc pour avancer si rapidement?... Hier encore nous pensions que l'on se battait à la frontière...

Elle me fixe droit dans les yeux; j'évite son regard, de peur d'y lire un reproche. J'esquisse un geste vague.

— Oh! nous ne vous accusons pas!... Vous faites ce que vous pouvez... Ce n'est pas vous les responsables... Pauvres enfants!... En avons-nous vu passer des blessés!... N'est-ce pas, Marie?

La jeune femme quitte sa valise, vient vers moi :

— Vous êtes du 119°... mon mari fait partie du 182°... Il est sergent... Vous n'auriez pas vu son régiment?

Je fais un geste négatif.

— Nous n'avons pas de ses nouvelles depuis quinze jours... Vous pouvez imaginer l'anxiété dans laquelle nous nous trouvons... Il est parti le premier jour de la mobilisation... En tout et pour tout, nous avons juste reçu une carte postale illustrée des environs de Namur...

Mais la vieille l'interrompt :

— Laisse-le donc tranquille, ce pauvre soldat... Il doit avoir ses soucis tout comme nous... Je suis persuadée qu'il préférerait manger que d'entendre tes lamentations... Va donc rapidement lui faire cuire des œufs sur le plat avec le restant du lard...

Des œufs sur le plat! Je balbutie :

— Vous êtes trop aimable, madame... Je vais vous donner du mal...

— Mais non... mais non... A l'heure qu'il est, mon gendre est peut-être heureux, lui aussi, de trouver une maison hospitalière...

J'entends le pétillement de la graisse dans la poêle... Quelle agréable musique!

La vieille, avec des gestes menus, ouvre le buffet, en tire une assiette, un verre, une fourchette, un couteau, une miche de pain, me dresse mon couvert sur un coin de la table encombrée de paquets, puis elle revient vers moi :

— Hein! c'est dur la bataille?... Est-ce que vous avez tué des Prussiens, vous, monsieur?

Je fais oui de la tête pour lui faire plaisir.

Alors un éclair de joie féroce illumine ses yeux :

— Ah! c'est bien, cela... Il faudrait les tuer tous!... tous!... Leur Guillaume en tête, car c'est lui qui a déchaîné cette monstrueuse tuerie...

— Nous ne demandons qu'à nous battre... Nous les vaincrons, soyez-en sûre...

Mais la jeune femme apporte les œufs... et je n'écoute plus. Je mange... Comme il est bon de manger lorsque l'on a bien faim!... Je ne mens pas, j'ai des larmes au bord des paupières... Je ne me souviens pas d'un déjeuner qui m'ait paru plus délectable.

Attendries, les deux femmes me contemplent.

— On ne vous donne pas à manger tous les jours, que vous avez si faim?

— Nous n'avons rien reçu du ravitaillement depuis trois jours.

— Trois jours! mais c'est épouvantable!... Trois jours! Mais comment pouvez-vous résister, mes pauvres enfants?

Elles se sont assises auprès de moi. De quoi me parlent-elles?

Je ne sais pas au juste, occupé que je suis à savourer mes œufs, puis de larges tartines de confitures. J'engloutis des bouchées énormes... Il me semble que je pourrais manger ainsi des heures sans m'arrêter.

Je comprends vaguement qu'elles vont retrouver de la famille dans le centre de la France... qu'elles ont des immeubles à Soissons, qui doit être la proie des flammes. Elles me posent des questions, me demandent naïvement comment font les obus en éclatant et si les corps à corps à la baïonnette sont fréquents... Mais mon régiment marche, s'éloigne. Il faut me hâter. Je me lève, m'équipe, me confonds en remerciements.

La jeune femme prend un crayon, et sur un chiffon de papier inscrit le numéro du régiment et de la compagnie auxquels appartient son mari.

— Si vous le voyez, vous lui parlerez de nous, n'est-ce pas?... Vous nous le promettez?

Gravement, je prête serment, sachant qu'il faudrait un hasard tout à fait fantastique pour que la rencontre se produisît.

La vieille me glisse dans la main quelques tablettes de chocolat enroulées dans une enveloppe. Ce sera pour Blache et Bout-de-Zan.

J'ouvre la porte, hésite un instant, puis brusquement je les embrasse toutes deux, la mère et la fille, de tout mon cœur. Elles me rendent mon baiser, émues, croyant embrasser un peu leur cher absent.

Je fais quelques pas, me retourne... Elles me font au revoir de la main, me souhaitant bonne chance...

Chères amies d'une heure que je ne reverrai et n'oublierai jamais.

Je prends le pas de gymnastique. Le soleil est au zénith. Un avion ronronne haut dans le ciel.

III

LE DOUTE

LA 11ᵉ, aux lettres!

C'est une ruée vers un sergent qui élève au-dessus de sa tête un mince paquet ficelé.

Tout le courrier de la compagnie, ces vingt à trente enveloppes toutes frippées dans un voyage insensé, parvenues à destination par un véritable miracle.

Un silence religieux se fait, Quels vont être les heureux élus?... Oh! ces regards anxieux, ces prières muettes, ces cœurs que l'on sent battre dans les poitrines!... Tous, nous attendons fébrilement depuis des jours et des jours des nouvelles de ceux qui nous sont chers.

Le sergent délie la ficelle, appelle les noms...

— Sergent Barrier.

Pas de réponse. Le sous-officier répète :

— Sergent Barrier.

Une voix s'élève :

— Il a dû encore « plaquer » la colonne...

— Soldat Motet.

— Disparu.

— Soldat Grégot.

— Mort.

— Soldat Rathan.

— Mort.

Le mot résonne lugubrement. Placide, le sergent met dans sa poche les lettres non distribuées, appelle de nouveaux noms.

La distribution est vite terminée. Ceux qui ont eu du courrier s'éloignent, s'isolent, un peu honteux de leur chance. Ils lisent leur lettre d'un trait une première fois, sautant des mots, la tête faisant un mouvement en suivant les lignes; puis ils la relisent plusieurs fois consécutives, lentement, lentement, avec une joie enfantine dans les prunelles.

Ceux qui n'ont rien — la grande majorité, hélas! — n'ont pas le courage de plastronner ou de jouer l'indifférence. Ils ont le visage mauvais, et leur humeur se manifeste par des phrases acerbes contre l'organisation du service postal.

J'hésite un instant, puis brusquement je les embrasse toutes deux, la mère et la fille, de tout mon cœur (p. 26).

Blache et moi, nous n'avons rien reçu, mais Bout-de-Zan a une longue lettre de sa mère. Il nous la lit doucement, à mi-voix, avec des inflexions provoquées par l'émotion.

Et tous les trois nous évoquons nos foyers, immobiles, les yeux perdus.

Les reverrons-nous jamais?

— Pauvres gens!

La route est encombrée par une dizaine de ces grands chars

qui servent au transport des moissons. Ils sont tirés par de grands bœufs graves et des chevaux. Des jeunes gens les conduisent, le gilet ouvert, les coudes nus.

A l'intérieur de ces chars, des femmes de tous les âges, des vieillards, des enfants... Autour d'eux, pêle-mêle, des paniers de provisions d'où émergent des goulots de bouteille ou des miches de pain, des paquets volumineux hâtivement ficelés, des couvertures, mille objets domestiques entassés au hasard dans la précipitation du départ.

Ce sont des paysans qui fuient les hordes allemandes. Ils ne parlent pas. Ils nous regardent passer, les yeux fixes, songeant sans doute à leur ferme abandonnée

Le soleil implacable éclaire ce pitoyable défilé, fait ressortir les couleurs crues des étoffes, qui font songer à un carnaval monstrueux de la misère humaine.

— Les Alboches nous payeront tout cela, fait Bout-de-Zan en serrant les poings.

Nous croisons un pauvre homme qui essaye vainement de conduire un porc — tout ce qu'il possède probablement. Il a beau tirer sur la longe, la bête grogne, agite son groin, arc-boute ses pattes, refuse énergiquement d'avancer. L'homme s'épuise, jure, la face toute rouge.

Nous regardons sans avoir envie de rire.

Dans un pré voisin, des artilleurs ont mis leurs pièces de 75 en batterie. Des ordres nous parviennent par bribes.

— Cinq mille quatre cent cinquante...

— Cinq mille cinq cents...

— Première pièce... Prête...

— Deuxième... Troisième pièce...

Puis un commandement plus net :

— Feu !

Quatre coups presque simultanés. Quatre détonations claires ; des jets de flamme aux gueules des canons.

Cinq mille cinq cents mètres ! Les Allemands nous talonnent toujours...

Pauvres paysans ! Je doute fort qu'ils puissent distancer le flot envahisseur.

Le soleil baisse. Dans une heure ce sera le crépuscule. Allons-nous encore marcher toute la nuit ? Allons-nous enfin toucher des vivres ?

Je lis sur une borne : Paris... Quatre-vingt-trois kilomètres...

— As-tu lu ? Blache.

— Oui, j'ai lu... Ah! je ne sais pas ce que je donnerais pour pouvoir me battre... Tout est préférable à cette retraite... tout...

— Moi aussi, mon vieux, moi aussi je désire ardemment la bataille, mais je t'avoue avec honte que je commence à douter de la victoire...

Blache me répond dans un souffle :

— Moi aussi... Je doute, maintenant.

Et nous allons, sombres, la rage au cœur, songeant à notre malheureuse patrie envahie, qui demain sera peut-être sous la domination allemande.

.   .   .   .

— Mes biffins, je crois que l'heure décisive approche.

Le lieutenant Latal boite toujours, et est obligé de s'aider d'une canne; mais sur son visage quelle indomptable énergie!

Ah! s'il pouvait dire vrai! La bataille! La bataille!

EPILOGUE

LA PROCLAMATION

T A-TA-TA-TA... ta-ta-ta-ta...

La sonnerie du réveil en campagne!... Les notes résonnent, alertes, joyeuses, lancées par tous les clairons et tambours du régiment.

Ta-ta-ta-ta... ta-ta-ta-ta...

Et les hommes, couchés, se dressent. On dirait un champ de morts ressuscités.

Un matin froid, blême et brumeux d'automne. Le ciel est gris, d'un gris uniforme, qui étreint l'horizon, excepté vers l'est où des teintes claires luttent contre les nuées.

— Mince de chambre à coucher, les gars!

— Ne nous plaignons pas... Nous avons pu roupiller quatre heures... Y a du progrès.

— Ah! si l'on avait seulement un quart de jus bien chaud à se glisser entre les dents, bougonne Bout-de-Zan.

Avec un sourire énigmatique, le lieutenant Latal profère :

— Vous allez avoir mieux que cela, mes biffins... Beaucoup mieux...

Et tirant sa montre :

— Voici l'heure... Clairons, sonnez le rassemblement, et chiquement, n'est-ce pas?

— Ta-ta-ta-ta... ta-ta... ta-ta...

— Onzième compagnie... Ligne de sections, par quatre! A l'appel!

Les sections s'alignent. Les hommes placent le poing sur la hanche, tournent la tête, l'arme levée...

Les commandements des sous-officiers retentissent.

Les sections voisines de la nôtre sont à moitié estompées dans le brouillard qui s'épaissit et ont quelque chose d'irréel.

— Repos!... Garde à vous!... Un peu plus d'énergie, les enfants!... Manœuvrez comme à une revue de 14 juillet... Re- posez... armes!... Présentez... armes!

Le claquement sec des mains sur les bretelles, puis un si- lence, un prodigieux silence.

Le lieutenant Latal déplie un papier, joint les talons, et sa voix monte, scandant les mots, vibrante d'émotion contenue :

— Proclamation du général en chef...

« Au moment où s'engage une bataille dont dépend le salut du pays, il importe de rappeler à tous que le moment n'est plus de regarder en arrière; tous les efforts doivent être employés à attaquer et refouler l'ennemi. Une troupe qui ne peut plus avancer devra, coûte que coûte, garder le terrain conquis et se faire tuer sur place plutôt que de reculer. Dans les circonstances actuelles, aucune défaillance ne peut être tolérée. »

C'est la bataille! C'est enfin la bataille! La retraite est ter- minée...

— Reposez... armes!

Le lieutenant Latal déplie un nouveau papier.

— Nominations... Sont promus au grade de sergent; les caporaux : Blache...

— Toutes mes félicitations, mon vieux...

Et toutes les mains se tendent vers lui.

Nous venons de toucher des vivres : du pain, du bon pain blanc, du café, de la viande, des légumes, de tout... La fête est complète!

Les hommes ont allumé de petits feux avec du bois mort, et des branches partent de joyeuses étincelles.

Dissipé l'affreux cauchemar de la retraite!... Nous allons nous battre aujourd'hui... Nous allons faire face aux Allemands... Nous avons confiance, ils reculeront!

Blache est assis sur le sol, les jambes en ciseaux, à la façon d'un tailleur. Sur ses manches il coud ses nouveaux galons d'or.

Le sergent Barrier vient de nous rejoindre encore, un bâton dans chaque main :

— Je me sens capable de faire cent kilomètres aujourd'hui, affirme-t-il.

Le lieutenant Latal est plongé dans la lecture de ses cartes d'état-major...

Et Bout-de-Zan, relevant son nez en trompette, me déclare :

— J' te l'avais bien dit qu'ils n'auraient pas Paname!

FIN

Pour paraître vendredi prochain :

LA MOISSON SOUS LES OBUS

www.ingramcontent.com/pod-product-compliance
Ingram Content Group UK Ltd.
Pitfield, Milton Keynes, MK11 3LW, UK
UKHW021624130726
13696UKWH00005B/2050